HENRI HELYNT A'R CEFNOGWR PÊL-DROED

Addasiad Elin Meek
Darluniau gan Tony Ross

Cyhoeddwyd am y tro cyntaf ym Mhrydain yn 2006
gan Orion Children's Books
adran o The Orion Publishing Group Ltd
Orion House
5 Upper St Martin's Lane
London WC2H 9EA
dan y teitl *Horrid Henry and the Football Fiend*.

Cyhoeddwyd gan CAA, Prifysgol Aberystwyth
(www.caa.aber.ac.uk).

Noddwyd gan Lywodraeth Cymru.

ISBN 978 1 84521 522 4

Golygwyd gan Delyth Ifan
Dyluniwyd gan Adran Ddylunio Prifysgol Aberystwyth
Argraffwyd gan Y Lolfa

CYNNWYS

1

HENRI HELYNT YN CAEL CIP AR DDYDDIADUR ALUN

'Beth rwyt ti'n wneud?' mynnodd Henri Helynt, gan ruthro i mewn i stafell wely Alun.

'Dim byd,' meddai Alun Angel yn gyflym, gan gau ei lyfr nodiadau'n glep.

'Wyt 'te,' meddai Henri.

'Cer o fy stafell i,' meddai Alun. 'Chei di ddim dod i mewn os nad ydw i'n dweud fel arall.'

Pwysodd Henri Helynt dros ysgwydd Alun.

'Beth rwyt ti'n ysgrifennu?'

'Dyw e'n ddim o dy fusnes di,' meddai Alun. Rhoddodd ei fraich i guddio'r llyfr nodiadau.

'Mae e *yn* fusnes i fi os wyt ti'n ysgrifennu amdana *i.*'

'Fy nyddiadur *i* yw e. Fe gaf i ysgrifennu am beth bynnag dwi eisiau,' meddai Alun. 'Fe ddywedodd Miss Annwyl y dylen ni gadw dyddiadur am wythnos ac ysgrifennu ynddo fe bob dydd.'

'Dif-las,' meddai Henri, gan ddylyfu gên.

'Nac ydy, 'te,' meddai Alun. 'Beth bynnag, fe gei di wybod beth dwi'n ei ysgrifennu'r wythnos nesaf. Dwi wedi cael fy newis i ddarllen fy nyddiadur yn uchel yn ein gwasanaeth dosbarth ni.'

Trodd calon Henri Helynt yn rhew.

Alun yn darllen ei ddyddiadur yn uchel? A'r ysgol i gyd yn clywed celwyddau Alun amdano fe? Dim o gwbl!

'Rho fe i fi!' sgrechiodd Henri Helynt,

gan blymio tuag at y dyddiadur.

'Na!' sgrechiodd Alun, gan ddal yn dynn.
'MAAAM! Help! Mae Henri yn fy stafell
i! A churodd e ddim o'r drws! Ac mae e'n
gwrthod gadael!'

'Cau dy geg, y clapgi,' poerodd Henri,
gan wthio bysedd Alun oddi ar y
dyddiadur.

'MAAAAMMMMMM!' sgrechiodd
Alun.

Cerddodd Mam yn drwm i fyny'r grisiau.

Agorodd Henri'r dyddiadur. Ond cyn
iddo allu darllen un gair, daeth Mam i
mewn.

'Fe aeth e â 'nyddiadur i! A dweud wrtha
i am gau 'ngheg!' llefodd Alun.

3

'Henri! Paid â phoeni dy frawd,' meddai Mam.

'Do'n i ddim yn gwneud,' meddai Henri.

'Oedd 'te,' snwffiodd Alun.

'A nawr rwyt ti wedi gwneud iddo fe grio,' meddai Mam. 'Dwed ei bod hi'n ddrwg gyda ti.'

'Dim ond gofyn am ei waith cartref ro'n i,' protestiodd Henri'n ddiniwed.

'Roedd e'n ceisio darllen fy nyddiadur i,' meddai Alun.

'Henri!' meddai Mam. 'Paid â chreu helynt. Rhywbeth personol yw dyddiadur. Nawr gad lonydd i dy frawd.'

Doedd hyn ddim yn deg. Pam roedd Mam yn credu Alun bob amser?

Hyyy. Aeth Henri Helynt yn llechwraidd allan o stafell wely Alun. Wel, doedd Henri ddim yn mynd i aros tan y gwasanaeth dosbarth i weld beth roedd Alun wedi'i ysgrifennu.

4

Sleifio. Sleifio. Sleifio.

Edrychodd Henri Helynt i'r dde. Edrychodd Henri Helynt i'r chwith. Roedd Mam yn y lolfa'n gweithio ar y cyfrifiadur. Roedd Dad yn yr ardd. Roedd Alun yn chwarae draw gyda Gordon Gofalus.

O'r diwedd, doedd neb o gwmpas. Roedd e wedi bod yn ceisio cael gafael ar ddyddiadur Alun ers dyddiau. Roedd yn rhaid bwrw iddi ar unwaith.

Roedd gwasanaeth dosbarth Alun yfory. Fyddai e'n sôn sut roedden nhw wedi taflu bwyd at ei gilydd nos Sul, pan oedd Henri wedi cael ei orfodi i daflu pasta soeglyd at Alun? Neu pan oedd rhaid i Henri

5

wthio Alun oddi ar y gadair ddu esmwyth a'i binsio? Neu ddoe pan daflodd Henri fe allan o Glwb y Llaw Biws ac roedd Alun wedi sgrechian rhedeg at Mam? Byddai hen gelwyddgi cyfrwys fel Alun yn siŵr o wneud i Henri edrych fel y dyn drwg, er mai Alun oedd ar fai bob amser.

A gwaeth na hynny, pa gelwyddau ofnadwy roedd Alun wedi bod yn eu rhaffu amdano? Byddai pobl yn darllen celwyddau Alun a meddwl eu bod nhw'n wir. Pan fyddai Henri'n enwog, byddai llyfrau'n cael eu hysgrifennu amdano, a byddai rhywun yn dod o hyd i ddyddiadur Alun a'i gredu fe! Pan oedd pethau'n cael eu hysgrifennu roedd tuedd ofnadwy iddyn nhw ymddangos yn wir hyd yn oed os mai hen gelwyddau cas oedden nhw.

Sleifiodd Henri i stafell wely Alun a chau'r drws. Nawr, ble roedd y dyddiadur yna? Edrychodd Henri ar ddesg daclus Alun. Roedd Alun yn ei gadw ar yr ail silff, wrth ymyl ei greonau a'r pethau roedd e wedi'u hennill.

Roedd y dyddiadur wedi mynd.

Daro. Rhaid bod Alun wedi'i guddio fe.

Yr hen fwydyn ych-a-fi, meddyliodd Henri Helynt. Pam ar y ddaear byddai e'n cuddio'i ddyddiadur? A *ble* ar y ddaear byddai'r hen lyffant drewllyd yn ei guddio? Y tu ôl i'w dystysgrifau 'Plant Aur'? Yn y fasged dillad brwnt? O dan ei gasgliad o stampiau?

Edrychodd yn nrôr sanau Alun. Dim dyddiadur.

Edrychodd yn nrôr dillad isaf Alun. Dim dyddiadur.

Edrychodd o dan obennydd Alun, ac o dan wely Alun. Dim dyddiadur o hyd.

O'r gorau, ble byddwn *i*'n cuddio dyddiadur? meddai Henri Helynt yn wyllt. Hawdd. Byddwn i'n ei roi mewn cist a'i gladdu yn yr ardd, gyda melltith môr-leidr arno fe.

Rywfodd roedd e'n amau y byddai Alun Angel mor glyfar.

O'r gorau, meddyliodd Henri, petawn i'n hen lyffant salw fel fe, ble byddwn i'n ei guddio fe?

Y silff lyfrau. Wrth gwrs. Dyna'r lle gorau i guddio llyfr.

Cerddodd Henri draw at silff lyfrau Alun, gyda'r llyfrau i gyd wedi'u trefnu'n dwt yn nhrefn yr wyddor. Ha! Beth oedd

hwnna rhwng *Y Clwt Hapus* a *Y Mwnci Swci?*

Dwi wedi dy ddal di, meddyliodd Henri Helynt, wrth dynnu'r dyddiadur oddi ar y silff. O'r diwedd byddai'n cael gwybod cyfrinachau Alun. Byddai'n gwneud iddo groesi'r holl gelwyddau allan, o byddai.

Eisteddodd Henri Helynt a dechrau darllen:

Dydd Llun
Heddiw tynnais lun Miss Annwyl, fy athrawes. Rhoddodd Miss Annwyl seren aur i mi am ddarllen. Fi yw'r gorau yn y dosbarth am ddarllen. A'r gorau mewn mathemateg. A'r gorau ym mhopeth arall.

Dydd Mawrth
Heddiw dywedais i plîs a diolch 236 gwaith

Dydd Mercher
Heddiw bwyteais i'r llysiau i gyd ar fy mhlât

Dydd Iau
Heddiw naddais fy mhensiliau i
gyd.
Bwyteais y brocoli i gyd ar fy
mhlât a gofyn am ragor.

Dydd Gwener
Heddiw ysgrifennais gerdd i fy mam

Dwi'n caru fy mam i
Des i allan o'i bol hi,
Dwi'n hoffi'i bwyd a'i bisgedi,
Dyw fy mam byth yn rhegi,
Dwi'n caru fy mam i.

Caeodd Henri Helynt ddyddiadur Alun
yn araf. Gwyddai y byddai dyddiadur
Alun yn wael. Ond doedd e erioed wedi
dychmygu rhywbeth mor ofnadwy â hyn.

Doedd Alun Angel ddim wedi sôn
amdano unwaith. Ddim unwaith.

Gallet ti feddwl nad oeddwn i'n byw yn
y tŷ yma hyd yn oed, meddyliodd Henri.

11

Roedd e'n wyllt gacwn. Rhag cywilydd
Alun, am *beidio* ag ysgrifennu amdano.

Byddai pawb yn gwneud hwyl am ben
Henri ar ôl clywed dyddiadur Alun yn
y gwasanaeth a gweld pa mor drist oedd
ei frawd. Byddai pawb yn tynnu ei goes.
Byddai'r cywilydd yn ormod i Henri.

Roedd angen help Henri ar Alun, ar
frys hefyd. Cydiodd Henri Helynt mewn
pensel a dechrau ar ei waith.

Dydd Llun

Heddiw tynnais lun Miss Annwyl, fy athrawes. Tynnais ei llun gyda chlustiau mochyn a bola mawr mawr. Wedyn gwnes i fwrdd dartiau o'r llun. Rhoddodd Miss Annwyl seren aur i mi am ddarllen. Miss Annwyl yw'r athrawes waethaf dwi wedi'i chael. Dylai hi gael ei galw'n Miss Ffyslyd. Miss Ffyslyd Chwyslyd yw enw Gordon a fi arni pan fydd hi'n troi ei chefn. Ha ha, ddaw hi byth i wybod! Fi yw'r gorau yn y dosbarth am ddarllen.

A'r gorau mewn mathemateg.
A'r gorau ym mhopeth arall.
Trueni bod fy mhants i'n drewi a
bod llau pen yn fy ngwallt.

Dyna welliant, meddyliodd Henri
Helynt.

<u>Dydd Mawrth</u>
Heddiw dywedais i plîs a diolch
236 gwaith
Naddo! Galwais Mam yn wyneb sglw
fel pechod. Galwais Dad yn bysgodyn
drewllyd. Yna chwaraeais gêm môr-
ladron gyda Henri, brawd gorau'r byd.
Hoffwn i fod mor glyfar â Henri. Ond
dwi'n gwybod bod hynny'n amhosibl.

<u>Dydd Mercher</u>
Heddiw bwyteais i'r llysiau i gyd

ar fy mhlât   Yna ces lwythi o
losin allan o'r jar losin
a dweud celwydd wrth dad
amdano. Dwi'n dda iawn am ddweud
celwydd. Ddylai neb gredu gair dwi'n ei
ddweud. Henri sy'n cael y bai ond
fi sydd ar fai am bopeth bob
amser.

Dydd Iau
Heddiw naddais fy mhensiliau i
gyd. Maen nhw'n barod i ysgrifennu negeseuon drwg!
Bwyteais y brocoli i gyd ar
fy mhlât a gofyn am ragor.
Wedyn chwydais dros Mam. Ych
a fi, dyna ddrewdod. Hen lyffant
drewllyd dwi. Dwi mor lwcus bod gen
i frawd gwych fel Henri. Mae e bob
amser mor garedig wrtha i. Hwrê
i Henri

15

<u>Dydd Gwener</u>
Heddiw ysgrifennais gerdd i fy Nymi

> Dwi'n caru fy Nymi
> Fy ffrind gorau i,
> Mae'n well na bwyd a bisgedi,
> Dyw fy Nymi byth yn rhegi,
> Dwi'n caru fy Nymi.

Gwelliant mawr, meddyliodd Henri Helynt. Nawr dyna beth yw dyddiadur. Byddai pawb wedi marw o ddiflastod fel arall.

Rhoddodd Henri ddyddiadur Alun yn ôl ar y silff yn ofalus. Gobeithio y bydd Alun yn falch o'r gwaith dwi wedi'i wneud drosto fe, meddyliodd Henri Helynt.

Daeth yr ysgol gyfan i'r neuadd i'r gwasanaeth. Eisteddai dosbarth Alun yn falch ar y meinciau yn y blaen. Eisteddai dosbarth Henri a'u coesau wedi'u croesi ar y llawr. Eisteddai'r rhieni ar gadeiriau i lawr y ddwy ochr.

Cododd Mam a Dad eu llaw ar Alun. Cododd yntau ei law, yn swil.

Cododd Miss Annwyl ar ei thraed.

'Helô rieni a phlant, croeso i'n gwasanaeth dosbarth. Y tymor hwn mae ein dosbarth ni wedi bod yn cadw dyddiaduron. Rydyn ni'n mynd i ddarllen rhai ohonyn nhw i chi nawr. Alun fydd yn dod i ddarllen gyntaf. Gwrandewch yn astud, a gweld a fyddwch chi'n gallu bod yn blant cystal ag Alun. Hoffwn i bawb yma gopïo un o'r pethau da wnaeth Alun. Dwi'n methu aros i glywed beth wnaeth e'r wythnos diwethaf.'

Cododd Alun ar ei draed, ac agor ei ddyddiadur. Mewn llais mawr, darllenodd:

'DYDD LLUN

'Heddiw tynnais lun Miss Annwyl, fy athrawes.'

Edrychodd Alun i fyny ar Miss Annwyl.
Gwenodd hithau arno.

'Tynnais ei llun gyda chlustiau mochyn
a bola mawr mawr. Wedyn
gwnes i fwrdd dartiau
o'r llun.'

Beth??! Roedd darllen yn uchel a deall
yr un pryd yn anodd bob amser, ond
roedd rhywbeth yn swnio'n anghywir.
Doedd e ddim yn cofio ysgrifennu am
fochyn a bola mawr. Edrychodd Alun i
fyny ar Mam a Dad yn nerfus. Oedd e'n
dychmygu pethau, neu oedden nhw'n
gwgu yn lle gwenu? Ysgydwodd Alun ei

ben, a mynd yn ei flaen.

'Rhoddodd Miss Annwyl seren aur i mi am ddarllen.'

Wel, dyna welliant! Doedd e ddim wedi clywed ei hunan yn gywir o'r blaen, mae'n rhaid.

'Miss Annwyl yw'r athrawes waethaf dwi wedi'i chael. Dylai hi gael ei galw'n Miss Ffyslyd. Miss Ffyslyd Chwyslyd –'

'Diolch yn fawr, mae hynny'n hen ddigon,' torrodd Miss Hyfryd ar ei draws yn swta, wrth i'r ysgol ddechrau sgrechian chwerthin. Roedd ei hwyneb yn goch fel tân. 'Alun, dere i 'ngweld i ar ôl y gwasanaeth. Nawr fe ddaw Tudur i sôn wrthon ni am ysgerbydau.'

'Ond – ond – ' ebychodd Alun Angel. 'W-wnes i

ddim, wnes i erioed–'

'Eistedd a bydd ddistaw,' meddai Mrs Lletchwith, y pennaeth. 'Dwi eisiau dy weld di *a* dy rieni wedyn.'

'WAAAAAAAAAAA!' llefodd Alun.

Syllodd Mam a Dad ar eu traed. Pam roedden nhw wedi cael plant o gwbl? Ble roedd y drws yn y llawr pan oedd angen un?

'Waaaaaaaa,' criodd Mam a Dad.

Wrth gwrs, cafodd Henri helynt. Helynt mawr mawr. Doedd hyn ddim yn deg. Pam nad oedd neb yn ei gredu pan

ddywedodd ei fod wedi gwella dyddiadur
Alun er mwyn ei helpu? Wel wir, fyddai e
byth yn helpu Alun byth eto.

2

HENRI HELYNT A'R CEFNOGWR PÊL-DROED

'. . . A gyda 15 eiliad i fynd, dyma Henri'r Saethwr Sydyn yn rhuthro dros y cae! Mae Ramsey yn ceisio ei daclo o'r ochr ond mae Henri'n rhy gyflym! Mae e'n ei osgoi! O na, fydd e byth yn gallu sgorio o'r pellter yna, mae'n hurt, mae'n amhosib, o, wir, mae e wedi troi'r bêl i'r gornel, mae hi YN Y RHWYD!!!! Dyna gôl *anhygoel* arall. Gêm anhygoel arall wedi'i hennill! A'r cyfan oherwydd Henri Heini, y pêl-droediwr gorau erioed!'

'Gôl! Gôl! Gôl!' rhuodd y dyrfa. Roedd Henri Heini wedi ennill y gêm! Cariodd

gweddill y tîm Henri drwy'r cefnogwyr,
gan weiddi hwrê a bloeddio, 'Hen-ri!
Hen-ri! Hen-ri!'

'HENRI!'

Edrychodd Henri Helynt i fyny a gweld
Miss Hen Sguthan yn pwyso dros ei fwrdd
ac yn rhythu arno â'i llygaid coch.

'Beth ddywedais i nawr?'

'Henri,' meddai Henri Helynt.

Gwgodd Miss Hen Sguthan.

'Dwi'n cadw llygad arnat ti, Henri,'
meddai'n swta. 'Nawr, blant, gwrandewch
yn astud, mae angen i ni drafod–'

'Waaaaa!' llefodd Ben Bw-hw.

'Sara, paid â thynnu 'ngwallt i!'
gwichiodd Falmai Falch.

'Miss!' gwaeddodd
Ieuan Inc,
'Mae Huw
wedi mynd â
'mhensel i!'

'Naddo 'te!' gwaeddodd Huw Haerllug.

'Do 'te!' gwaeddodd Ieuan Inc.

'Blant! Byddwch ddistaw!' bloeddiodd Miss Hen Sguthan.

'Waaaaa!' llefodd Ben Bw-hw.

'Awwww!' sgrechiodd Falmai Falch.

'Rho fe'n ôl!' gwaeddodd Ieuan Inc.

'O'r gorau,' meddai Miss Hen Sguthan, 'wnawn ni ddim siarad am bêl-droed.'

Rhoddodd Ben y gorau i lefain.

Rhoddodd Falmai'r gorau i sgrechian.

Rhoddodd Ieuan y gorau i weiddi.

Rhoddodd Henri'r gorau i freuddwydio.

Syllodd pawb yn y dosbarth ar Miss Hen Sguthan. Roedd Miss Hen Sguthan eisiau siarad am . . . bêl-droed? Ai Miss Hen Sguthan o'r gofod oedd hi?

'Fel mae pawb yn gwybod, mae ein tîm lleol, Clwb Llandeg, wedi cyrraedd chweched rownd Cwpan FA Lloegr,' meddai Miss Hen Sguthan.

'HWRÊ!' sgrechiodd y dosbarth.

'A dwi'n siŵr eich bod chi i gyd yn gwybod beth ddigwyddodd neithiwr . . .'

Neithiwr! Roedd Henri'n dal i allu clywed geiriau gwych y cyhoeddwr wrth iddo fe ac Alun eistedd wrth y radio i glywed yn erbyn pwy byddai Llandeg yn chwarae yn y chweched rownd.

'Bydd rhif 16, Clwb Llandeg, yn chwarae yn erbyn . . .' roedd bwlch hir wrth i'r cyhoeddwr dynnu pêl arall o'r het . . . 'rhif 7, Manchester United.'

'Dewch, Llandeg!' sgrechiodd Henri Helynt.

'Fel roeddwn i'n dweud, cyn i rywun dorri ar fy nhraws– ' rhythodd Miss Hen Sguthan ar Henri Helynt. 'Mae Llandeg yn chwarae yn erbyn Manchester United ymhen wythnos neu ddwy. Mae pob ysgol gynradd leol wedi derbyn pâr o docynnau. A diolch i'r lwc dda gefais i yn tynnu raffl yr athrawon, fe fydd yr enillydd lwcus yn dod o'n dosbarth ni.'

'Fi!' sgrechiodd Henri Helynt.

'Fi!' sgrechiodd Bethan Bigog.

'Fi!' sgrechiodd Dani Dewr, Hywel Heini, Ffion Ffyslyd a Dylan Deallus.

'Fydd neb sy'n gweiddi'n cael dim byd,'
meddai Miss Hen Sguthan. 'Fe fydd ein
dosbarth ni'n chwarae gêm bêl-droed
amser cinio. Chwaraewr gorau'r gêm fydd
yn ennill y tocynnau. Fi yw'r dyfarnwr a fi
fydd yn penderfynu.'

Roedd Henri Helynt mor syfrdan,
prin y gallai anadlu am eiliad. Tocynnau'r
Cwpan! Tocynnau'r Cwpan i weld
Llandeg, ei dîm lleol, yn chwarae yn erbyn
Man U! Roedd y tocynnau hynny'n brin
fel aur. Roedd Henri wedi ymbil a begian
ar Mam a Dad i gael tocynnau, ond wrth
gwrs roedden nhw i gyd wedi'u gwerthu
erbyn i rieni crintachlyd, cas a diog Henri
lwyddo i godi eu cyrff twp i fynd at y

ffôn. A nawr dyma gyfle arall i fynd i gêm
y ganrif!

Doedd Llandeg ddim wedi mynd mor
bell yn y Cwpan erioed. Wrth gwrs,
roedden nhw wedi curo Teigrod Tre-boeth
(siant: Teigrod Twym, Grr!), Nadroedd
Niwgwl a Phencampwyr Fforest ond
– Manchester United! Roedd yn rhaid
i Henri fynd i'r gêm. Oedd yn wir. A'r
cyfan roedd yn rhaid ei wneud oedd bod
yn chwaraewr gorau'r gêm.

Dim ond un broblem oedd. Yn anffodus,
nid Henri Helynt oedd pêl-droediwr
gorau'r dosbarth. Na Hywel Heini. Na
Tudwal Tew.

Bethan Bigog oedd y pêl-droediwr
gorau yn y dosbarth. Bethan Bigog oedd
y pêl-droediwr ail orau yn y dosbarth.
Bethan Bigog oedd y pêl-droediwr
trydydd orau yn y dosbarth. Doedd hi
ddim yn deg! Pam ddylai Bethan o bawb

fod mor wych am chwarae pêl-droed?

Roedd Henri Helynt yn wych am dynnu crysau. Roedd Henri Helynt yn anhygoel am weiddi 'Camsefyll!' (beth bynnag oedd hynny). Doedd neb yn gallu udo 'Dewch, reff!' yn uwch. A doedd neb hanner cystal â Henri Helynt am sathru

30

ar draed, penelinio, hyrddio, gwthio, hwpo a baglu. Yr unig beth nad oedd Henri Helynt yn dda am ei wneud oedd chwarae pêl-droed.

Ond dim ots. Byddai pethau'n wahanol heddiw. Heddiw byddai'n gwneud ei orau glas ac yn dod o hyd i Henri'r Saethwr Sydyn – go iawn. Heddiw, fyddai neb yn ei rwystro. Gêm y Cwpan, dyma fi'n dod, meddyliodd Henri Helynt yn hapus.

Amser cinio!

Rhuthrodd dosbarth Henri Helynt i'r maes chwarae, lle roedd y cae wedi'i osod. Roedd dwy siwmper ym mhob pen yn dangos lle roedd y ddwy gôl. Roedd rhai o'r rhieni'n sefyll ar yr ystlys.

Rhannodd Miss Hen Sguthan y dosbarth yn ddau dîm: Hywel Heini oedd capten tîm Henri, Bethan Bigog oedd capten y llall.

Dyna lle roedd hi yng nghanol y cae, wedi mynnu bod yn saethwr, ac yn gwenu'n hyderus. Rhythodd Henri Helynt arni o ddyfnderoedd y cae.

'Na na-na na na, fi fydd y chwaraewr gorau,' canodd Bethan Bigog, gan dynnu ei thafod arno. 'Ac nid ti.'

'Cau dy geg, Bethan,' meddai Henri. Pan fyddai e'n frenin, byddai unrhyw ferch o'r enw Bethan yn cael ei berwi mewn olew a'i bwydo i'r brain.

'Wnei di fynd â fi i'r gêm, Bethan?' meddai Sara. 'Wedi'r cyfan, *fi* yw dy ffrind gorau.'

Gwgodd Bethan Bigog. 'Ers pryd?'

'Ers erioed!' llefodd Sara.

'Hy!' meddai Bethan. 'Fe fydd yn rhaid i ni weld pa mor neis rwyt ti wrtha i, felly.'

'Cer â fi,' ymbiliodd Dylan Deallus. 'Wyt ti'n cofio sut helpais i ti gyda'r ffracsiynau?'

'A 'ngalw i'n dwp,' meddai Bethan.

'Naddo 'te,' meddai Dylan.

'Do 'te,' meddai Bethan.

Edrychodd Henri Helynt ar bawb arall yn y dosbarth. Roedd pawb yn edrych yn syth o'i flaen, pawb yn benderfynol o fod yn chwaraewr gorau'r gêm. Wel, bydden nhw'n cael sioc pan fyddai Henri Helynt yn mynd â'r tocynnau yna!

'Cer amdani, Bethan!' sgrechiodd mam Bethan Bigog.

'Cer amdani, Hywel!' sgrechiodd tad Hywel Heini.

'Pawb yn barod?' meddai Miss Hen Sguthan. 'Tudwal! Ym mha dîm rwyt ti?'

'Dim syniad,' meddai Tudwal Tew.

Chwythodd Miss Hen Sguthan ei chwiban.

Cic gychwyn!

Cicio.

Rhedeg.

Cicio.

Driblo.

Driblo.

Pasio.

Cicio.

Arbediad!

Cic Gôl.

Safai Henri'n drist ar yr asgell chwith,
gan redeg yn ôl a blaen wrth i'r chwarae
fynd heibio iddo. Sut gallai e fod yn
chwaraewr gorau'r gêm allan fan hyn? Wel,
doedd e ddim yn aros yn y safle twp yma
am eiliad yn rhagor.

Gadawodd Henri Helynt ei safle
a rhedeg ar ôl y bêl. Dilynodd yr
amddiffynwyr eraill ef i gyd.

Roedd y bêl gyda Bethan Bigog.
Rhedodd Henri Helynt y tu ôl iddi.
Edrychodd ar Miss Hen Sguthan. Roedd
hi wrthi'n siarad â Mrs Lletchwith.
Llithrodd Henri Helynt â dwy droed a
thaclo Bethan a'i baglu.

'Chwarae brwnt!' gwichiodd Bethan. 'Fe
geisiodd e dorri 'nghoes i!'

'Celwydd!' gwichiodd Henri. 'Mynd am
y bêl wnes i, dyna i gyd.'

'Twyllwr!' sgrechiodd mam Bethan
Bigog.

'Daliwch i chwarae,' gorchmynnodd
Miss Hen Sguthan.

Hwrê! meddyliodd Henri Helynt yn
fuddugoliaethus. Wedi'r cyfan, beth oedd
yr hen Miss Sguthan ddall yn ei wybod
am reolau pêl-droed? Dim byd. Dyma'i
gyfle euraidd i sgorio.

Nawr roedd y bêl
gyda Jâms Jazz.

Sathrodd Henri
Helynt ar fysedd
ei draed, ei
benelinio, a
dwyn y bêl.

'Hei, rydyn ni yn yr un tîm!' sgrechiodd
Jâms.

Daliodd Henri Helynt ati i ddriblo.

'Pasia! Pasia!' sgrechiodd Hywel. 'Mae
taclwr yn dod!'

Chymerodd Henri ddim sylw. Pasio'r
bêl? Oedd Hywel yn wallgof? Roedd y

bêl gyda Henri ac roedd e'n ei chadw hi.

Yna'n sydyn, ymddangosodd Bethan Bigog o'r tu ôl, ei wthio, driblo'r bêl heibio i dîm Henri a'i chicio'n syth heibio i Ben Bw-hw ac i'r gôl. Bloeddiodd tîm Bethan Bigog hwrê.

Dechreuodd Ben Bw-hw feichio crio.

'Waaaaaa,' wylodd Ben Bw-hw.

'Y twpsyn!' sgrechiodd tad Hywel Heini.

'Fe dwyllodd hi!' gwichiodd Henri. 'Fe chwaraeodd hi'n frwnt!'

'Naddo 'te,' meddai Bethan.

'Rhag dy gywilydd di, yn dweud bod fy merch i'n twyllo!' sgrechiodd mam Bethan.

Chwythodd Miss Hen Sguthan ei chwiban.

'Gôl i dîm Bethan. Un i ddim yw'r sgôr.'

Crensiodd Henri Helynt ei ddannedd. Byddai'n sgorio gôl hyd yn oed petai'n rhaid iddo sathru ar bob chwaraewr i wneud hynny.

Yn anffodus, roedd hi'n ymddangos bod yr un syniad gan bawb arall.

'Fe wthiodd Huw fi!' gwichiodd Hywel Heini.

'Naddo!' meddai Huw Haerllug yn gelwyddog. 'Mynd am y bêl ro'n i.'

'Fe ddefnyddiodd e ei ddwylo, fe welais i fe!' udodd tad Hywel Heini. 'Anfonwch e o'r cae.'

'Fe anfona i *chi* o'r cae os nad ydych chi'n bihafio,' meddai Miss Hen Sguthan yn swta, edrych i fyny a chwythu ei chwiban.

'Aeth hi ddim dros yr ystlys!' protestiodd Henri.

'Do 'te!' gwaeddodd Bethan. 'Aeth hi ymhell drosti!'

'Fe gyffyrddodd Hywel â'r bêl!' gwaeddodd Kasim Caredig.

'Naddo 'te!' sgrechiodd Hywel Heini. 'Mynd am y bêl wnes i.'

'Celwyddgi!'

'Celwyddgi!'

'Cic rydd i dîm Bethan,' meddai Miss Hen Sguthan.

'Aw!' sgrechiodd Swyn, wrth i Hywel sathru ar fysedd ei thraed, dwyn y bêl a'i saethu'n syth i'r gôl heibio i Kasim.

'Hwrê!' bloeddiodd tîm Hywel.

'Chwarae brwnt!' sgrechiodd tîm Bethan.

'Un gôl yr un yw'r sgôr,' meddai Miss Hen Sguthan. 'Pum munud arall i fynd.'

AAAAAAAAAA! meddyliodd Henri Helynt. Mae'n rhaid i fi sgorio gôl i gael cyfle i fod yn chwaraewr gorau'r gêm. Mae'n rhaid i fi. Ond sut, sut?

Edrychodd Henri draw ar Miss Hen Sguthan. Roedd hi'n edrych fel petai'n chwilio am rywbeth yn ei bag llaw. Gwelodd Henri ei gyfle. Gwthiodd ei droed allan wrth i Bethan wibio heibio.

Clatsh!

Syrthiodd Bethan.

Cipiodd Henri'r bêl.

'Fe faglodd Henri fi!' gwichiodd Bethan.

'Naddo!' gwichiodd Henri. 'Mynd am y bêl wnes i.'

'REFF!' sgrechiodd Bethan.

'Fe dwyllodd e!' sgrechiodd mam
Bethan. 'Ydych chi'n ddall, reff?'

Rhythodd Miss Hen Sguthan.

'Mae fy ngolwg i'n berffaith, diolch yn
fawr,' meddai'n swta.

Ha ha, chwarddodd Henri Helynt.

Sathrodd Henri ar fysedd traed Dylan,
ei benelinio, yna cipiodd y bêl. Yna
penelinodd Bedwyr Henri, sathrodd Huw
ar draed Bedwyr, a chipiodd Sara'r bêl a'i
chicio fry i'r awyr.

Edrychodd Henri i fyny. Roedd y bêl lan

45

fry. Fyddai e byth yn gallu ei chyrraedd hi,
ddim oni bai, oni bai– edrychodd Henri
draw ar Miss Hen Sguthan. Roedd hi'n
gwylio warden traffig oedd yn cerdded y
tu allan i glwyd yr ysgol. Llamodd Henri
i'r awyr a tharo'r pêl â'i law.

Gwibiodd y bêl ar draws y gôl.

'Gôl!' sgrechiodd Henri.

'Fe ddefnyddiodd e ei law!' protestiodd
Bethan.

'Naddo 'te!' gwaeddodd Henri. 'Llaw
Duw oedd hi!'

46

'Hen-ri! Hen-ri! Hen-ri!' bloeddiodd ei dîm.

'Twyllwr!' udodd tîm Bethan.

Chwythodd Miss Hen Sguthan ei chwiban.

'Diwedd y gêm!' bloeddiodd. 'Tîm Hywel sy'n ennill, dwy gôl i un.'

'Hwrê!' gwichiodd Henri Helynt, gan bwnio'r awyr. Roedd e wedi sgorio'r gôl a enillodd y gêm! *Fe* fyddai chwaraewr gorau'r gêm! Clwb Llandeg yn erbyn Man U, dyma fi'n dod!

Cerddodd dosbarth Henri Helynt yn gloff drwy'r drws ac eistedd. Eisteddodd Henri Helynt yn y blaen, yn wên o glust

47

i glust. Roedd yn rhaid i Miss Hen
Sguthan roi'r tocynnau iddo fe ar ôl ei
berfformiad gwych a'r gôl anhygoel a
enillodd y gêm. Ond y cwestiwn oedd,
pwy oedd yn *haeddu* dod gyda fe?

Neb.

Dwi'n gwybod, meddyliodd Henri
Helynt, fe werthaf i'r tocyn arall. Dwi'n
siŵr y caf i filiwn o bunnau amdano fe.
Na, biliwn o bunnau. Yna fe brynaf i fy
nhîm fy hunan, a chael bod yn saethwr
unrhyw bryd dwi eisiau. Gwenodd Henri
Helynt yn hapus.

Rhythodd Miss Hen
Sguthan ar ei dosbarth.

'Dyna gêm
gywilyddus,' meddai.
'Twyllo! Symud
y goliau! Tynnu
crysau!' rhythodd ar
Bleddyn. 'Hwpo!'

Rhythodd ar Huw. 'Gwthio a thynnu! Dim chwarae'n deg!' Edrychodd ar y dosbarth i gyd.

Suddodd Henri Helynt yn isel yn ei sedd.

Wwps.

'A pheidiwch â dechrau sôn am gamsefyll,' meddai'n sarrug.

Suddodd Henri Helynt hyd yn oed yn is.

'Dim ond un person sy'n haeddu bod yn chwaraewr gorau'r gêm,' meddai hi wedyn. 'Un person a ddilynodd reolau'r gêm brydferth. Un person sy ddim yn teimlo cywilydd am y gêm heddiw.'

Llamodd calon Henri Helynt. Doedd *e* ddim yn teimlo unrhyw gywilydd.

'. . . Un person a all fod yn falch o'r perfformiad

49

heddiw . . .'

Gwenodd Henri Helynt yn falch.

'A'r person hwnnw yw–'

'Fi!' sgrechiodd Bethan Bigog.

'Fi!' sgrechiodd Hywel Heini.

'Fi!' sgrechiodd Henri Helynt.

'– y dyfarnwr,' meddai Miss Hen Sguthan. Beth?

Miss Hen Sguthan . . . chwaraewr gorau'r gêm?

Miss Hen Sguthan . . . cefnogwr pêl-droed?

'DYW HYNNA DDIM YN DEG!' sgrechiodd y dosbarth.

'DYW HYNNA DDIM YN DEG!' sgrechiodd Henri Helynt.

3

HENRi HELYNT YN MYND I SIOPA

Roedd Henri Helynt yn sefyll yn ei stafell wely, a dillad hyd at ei bengliniau. Roedd y crys T a'r llawes hir yn cyrraedd ei benelin. Roedd ei drowsus yn stopio hanner ffordd i lawr ei goesau. Tynnodd Henri ei fol i mewn gymaint ag y gallai. Ond doedd e ddim yn gallu cau'r sip o hyd.

'Does dim byd yn ffitio!' sgrechiodd, gan dynnu'r crys T i ffwrdd yn wyllt a'i daflu ar draws y stafell. 'Ac mae fy esgidiau i'n brifo.'

'O'r gorau, Henri, gan bwyll nawr,' meddai Mam. 'Rwyt ti wedi tyfu. Fe awn ni allan y prynhawn 'ma i gael dillad ac esgidiau newydd i ti.'

'NAAAAAAA!' sgrechiodd Henri.
'NAAAAAAAAAAAAA!'

Roedd Henri Helynt yn casáu siopa.

Cywiriad: roedd Henri Helynt yn dwlu
ar siopa. Roedd e'n dwlu ar siopa am
setiau teledu anferthol, gemau cyfrifiadur,
comics, teganau, a losin. Ond am ryw
reswm doedd rhieni Henri Helynt byth
eisiau mynd i siopa am bethau da. O nac
oedden. Roedden nhw'n siopa am fagiau
hwfer. Past dannedd. Sbigoglys. Sanau.
Pam, o pam roedd ganddo rieni mor
ofnadwy? Pan fyddai e wedi tyfu, fyddai
e byth yn mynd i archfarchnad. Yr unig

bethau y byddai'n eu prynu fyddai setiau teledu, gemau cyfrifiadur, a siocled.

Ond roedd siopa am ddillad hyd yn oed yn waeth na llusgo'i hunan o gwmpas Archfarchnad y Siopwr Hapus. Doedd dim byd yn fwy diflas na chael dy lusgo o gwmpas milltir ar ôl milltir ar ôl milltir o siopau, yn llawn dillad hyll a salw na fyddai neb eisiau eu gwisgo, dim ond rhywun o blaned arall. Wedyn roedd yn rhaid i ti sefyll mewn stafell fach tra bod Mam yn gwneud i ti drio pethau pigog ych-a-fi y byddai'n well gen ti farw na'u gwisgo nhw, hyd yn oed os mai dyna'r trowsus diwethaf yn y byd. Roedd hi'n ddigon gwael gorfod gwisgo unwaith y dydd heb orfod gwneud hynny bum deg gwaith. Roedd meddwl am drio crys ar ôl crys ar ôl crys yn ddigon i wneud i Henri Helynt eisiau sgrechian.

'Dwi ddim yn mynd i siopa!' udodd, gan

gicio'r pentwr dillad
mor gas ag y gallai. 'A
fedri di ddim gwneud
i fi fynd!'

'Beth yw'r holl
weiddi 'ma?'
mynnodd Dad.

'Mae angen trowsus newydd ar Henri,'
meddai Mam yn ddifrifol.

Aeth Dad yn welw.

'Wyt ti'n siŵr?'

'Ydw,' meddai Mam. 'Edrych arno fe.'

Edrychodd Dad ar Henri. Gwgodd
Henri.

'Maen nhw *ychydig* yn fach, ond ddim
cynddrwg â *hynny*,' meddai Dad.

'Dwi'n methu anadlu yn y trowsus 'ma!'
gwichiodd Henri.

'Dyna pam rydyn ni'n mynd i siopa,'
meddai Mam. 'Ac fe af *i* ag e.' Y tro
diwethaf, aeth Dad â Henri i siopa am

sanau a dod yn ôl yn lle hynny â thri CD
Y Bwystfil Blewog a phecyn enfawr o
lysnafedd Pefriog.

'Dwn i ddim beth ddigwyddodd i fi,'
roedd Dad wedi dweud, pan roddodd
Mam bryd o dafod iddo fe.

'Ond pam mae'n rhaid i *fi* fynd?' meddai
Henri. 'Dwi ddim eisiau gwastraffu fy
amser gwerthfawr yn siopa.'

'Beth am fy amser gwerthfawr *i*?' meddai
Mam.

Gwgodd Henri. Doedd dim amser
gwerthfawr gan rieni. Roedden nhw yno
i roi gwasanaeth i'w plant. Dylai dillad
newydd ymddangos drwy hud a lledrith,
fel dillad glân a phrydau bwyd.

Goleuodd wyneb Mam. 'Aros, mae
gen i syniad,' gwenodd o glust i glust.
Rhuthrodd allan a dod yn ôl â bag plastig
mawr. 'Dyma ti,' meddai, gan dynnu pâr o
drowsus coch llachar allan, 'tria'r rhain.'

Edrychodd Henri arnyn nhw'n amheus.

'O ble maen nhw wedi dod?'

'Anti Gwen ddaeth â rhai o hen ddillad Prys rai wythnosau'n ôl. Dwi'n siŵr y down ni o hyd i rywbeth sy'n dy ffitio di.'

Syllodd Henri Helynt ar Mam. Oedd hi wedi mynd yn ddwl? Oedd hi wir yn awgrymu y dylai e wisgo hen grysau ych-a-fi a throwsus drewllyd ei gefnder ofnadwy? Dychmygodd roi ei freichiau i mewn i'r un llewys seimllyd roedd Prys Pwysig wedi rhoi saim drostyn nhw. Ych-a-fi!

'DIM O GWBL!' sgrechiodd Henri, gan grynu. 'Dwi ddim yn gwisgo hen ddillad drewllyd Prys. Fe fyddwn i'n dal rhyw glefyd cas.'

'Maen nhw bron yn newydd sbon,' meddai Mam.

'Does dim ots gyda fi,' meddai Henri.

'Ond Henri,' meddai Alun Angel. 'Dwi bob amser yn gwisgo dy hen ddillad *di*.'

'Felly?' chwyrnodd Henri.

'Does dim gwahaniaeth gen i wisgo hen ddillad rhywun arall,' meddai Alun Angel. 'Mae'n arbed cymaint o arian. Ddylet ti ddim bod mor hunanol, Henri.'

'Yn hollol, Alun,' meddai Mam, gan wenu. 'O leiaf mae *un* o'r ddau fab yn meddwl am bobl eraill.'

Dyma Henri'n ymosod. Fampir oedd e, yn profi ei swper.

'AAIIIIIIIII!' gwichiodd Alun.

'Paid, Henri!' sgrechiodd Mam.

'Gad lonydd i dy frawd!' sgrechiodd Dad.

Rhythodd Henri Helynt ar Alun.

'Alun y mwydyn, Alun y llyffant,' gwawdiodd Henri.

'Mam!' wylodd Alun. 'Dywedodd Henri fy mod i'n fwydyn. Ac yn llyffant.'

'Paid â bod yn gas, Henri,' meddai Dad. 'Neu fydd dim teledu am wythnos. Mae gen ti dri dewis. Gwisgo hen ddillad Prys. Gwisgo dy hen ddillad du. Mynd i siopa am rai newydd heddiw.'

'Oes *rhaid* i ni fynd heddiw?' cwynodd Henri.

'O'r gorau,' meddai Mam. 'Fe awn ni yfory.'

'Dwi ddim eisiau mynd yfory,' wylodd Henri. 'Fe fydd fy mhenwythnos wedi cael ei ddifetha.'

Rhythodd Mam ar Henri.

'Fe awn ni'r eiliad hon, 'te.'

'NA!' sgrechiodd Henri Helynt.

'IE!' sgrechiodd Mam.

★

Sawl awr yn ddiweddarach, cerddodd
Mam a Henri i mewn i'r Ganolfan Siopa.
Yn barod, roedd Mam yn edrych fel
petai hi wedi bod yn croesi diffeithwch
Sahara heb ddŵr ers
dyddiau. Eitha reit
iddi hi, am ddod â
fi yma, meddyliodd
Henri Helynt, a
gwgu, wrth lusgo'i
draed.

'Gawn ni fynd
i mewn i'r Siop
Siocled?' cwynodd
Henri. 'Mae Bleddyn yn dweud bod
ganddyn nhw gystadleuaeth ennill eich
pwysau mewn siocled.'

'Na chawn,' meddai Mam, gan lusgo
Henri i mewn i'r Siop Gwerthu Popeth.
'Rydyn ni wedi dod i brynu trowsus ac
esgidiau newydd i ti. Brysia nawr, dwi

ddim eisiau bod 'ma drwy'r dydd.'

Edrychodd Henri Helynt o gwmpas.
Waw! Roedd llawer o bethau gwych yno.

'Dwi eisiau'r Robotiaid Rhemp,' meddai
Henri.

'Na,' meddai Mam.

'Dwi eisiau'r Dryll Dŵr newydd!'
gwichiodd Henri.

'Na,' meddai Mam.

'Dwi eisiau bocs bwyd Gwyrdd Gwyllt!'

'NA!' meddai Mam, gan ei dynnu i
mewn i'r adran dillad bechgyn.

Beth, meddyliodd Henri Helynt yn grac, yw pwynt mynd i siopa os nad wyt ti byth yn prynu dim?

'Dwi eisiau esgidiau rhedeg SŴN DRWG gyda goleuadau coch sy'n fflachio,' meddai Henri. Gallai weld ei hunan nawr, yn cerdded i mewn i'r dosbarth, a sŵn mawr a golau coch yn fflachio bob tro roedd ei draed yn taro'r llawr. Cŵl! Byddai wrth ei fodd yn gweld wyneb Miss Hen Sguthan pan fyddai e'n ffrwydro i mewn i'r dosbarth a'r esgidiau am ei draed.

'Na,' meddai Mam, gan grynu.

'O, plîs,' meddai Henri.

'NA!' meddai Mam, 'rydyn ni yma i brynu trowsus ac esgidiau ysgol call.'

'Ond dwi eisiau esgidiau rhedeg Sŵn Drwg!' sgrechiodd Henri Helynt. 'Pam na allwn ni brynu rhywbeth *dwi* eisiau ei brynu? Ti yw'r fam gasaf yn y byd a dwi'n dy gasáu di!'

'Paid â chreu helynt, Henri. Cer i drio'r rhain,' meddai Mam, gan gydio mewn sawl trowsus erchyll a chrysau T hyll. 'Fe af i edrych am ragor.'

Ochneidiodd Henri Helynt yn uchel a cherdded yn drwm tuag at y stafell newid. Doedd neb yn y byd yn dioddef mwy nag e. Efallai y gallai guddio rhwng y dillad ac aros yno am byth.

Yna daliodd rhywbeth gwych ei lygad yn yr adran teganau y drws nesaf.

Owwww! Rhes gyfan o'r robotiaid

newydd gyda 213 o raglenni posib.
Gadawodd Henri Helynt y dillad yn y
man a rhedeg draw i gael cip. Oww, y
Gorilas Gwyllt oedd yn saethu bomiau
drewi go iawn! A'r Drylliau Dŵr
diweddaraf! A chit Diodydd Ffiaidd
enfawr gyda llyfr ryseitiau gan gogydd
enwog! Heb sôn am y Saethwr Llysnafedd
Anferthol oedd yn saethu llysnafedd
pefriog am bum deg metr i bob cyfeiriad.
Waw!

Baglodd Mam i mewn i'r stafell newid gyda rhagor o ddillad. 'Henri?' meddai Mam.

Dim ateb.

'HENRI!' meddai Mam.

Dim ateb o hyd.

Tynnodd Mam ddrws y stafell newid ar agor.

'Hen–'

'Esgusodwch *fi*!' gwaeddodd dyn moel oedd yn sefyll yno yn ei bants.

'Sori,' meddai Mam, gan wrido'n goch, goch. Rhedodd allan o'r stafell newid ac edrych dros y siop.

Roedd Henri wedi mynd.

Chwiliodd Mam i fyny'r siop.

Dim Henri.

Chwiliodd Mam i lawr y siop.

Dim Henri o hyd.

Yna gwelodd Mam ddarn o wallt yn codi uwchben yr arwydd neon am Bwmerangau Balistig Bywiog. Cerddodd draw yn gyflym a thynnu Henri oddi yno.

'Dim ond edrych ro'n i,' protestiodd Henri.

Trïodd Henri un pâr o drowsus ar ôl y llall.

'Na, na, na, na, na, na, na,' meddai Henri, gan gicio'r pâr olaf oddi amdano. 'Dwi'n eu casáu nhw i gyd.'

'O'r gorau,' meddai Mam yn gas. 'Fe fydd yn rhaid mynd i chwilio yn rhywle arall.'

Aeth Mam a Henri i siop Trowsus Tynn. Aethon nhw i Dillad Cŵl. Aethon nhw i Camu mewn Cors. Doedd dim yn plesio Henri.

'Rhy dynn,' cwynodd Henri.

'Rhy bigog!'

'Rhy fawr!'

'Rhy fach!'

'Rhy hyll!'

'Rhy goch!'

'Rhy anghyfforddus!'

'Rydyn ni'n mynd i Dillad Doeth,' meddai Mam yn flinedig. 'Y peth cyntaf sy'n ffitio, rydyn ni'n ei brynu fe.'

Baglodd Mam i mewn i adran y plant a chydio mewn pâr o drowsus tartan pinc a gwyrdd ym maint Henri.

'Gwisga'r rhain,' gorchmynnodd. 'Os ydyn nhw'n ffitio, rydyn ni'n eu prynu nhw.'

Syllodd Henri Helynt mewn arswyd ar y trowsus erchyll.

'Ond trowsus merched ydyn nhw!' sgrechiodd.

'Nage 'te,' meddai Mam.

'Ie 'te!' gwichiodd Henri.

'Dwi wedi cael llond bol ar dy

esgusodion di, Henri,' meddai Mam.
'Gwisga nhw neu fydd dim arian poced
am flwyddyn. O ddifri.'

Gwisgodd Henri Helynt y trowsus tartan
pinc a gwyrdd, gan wthio ei stumog allan
gymaint ag y gallai. Fyddai Mam hyd yn
oed ddim yn ei orfodi i brynu trowsus
oedd yn rhy dynn.

O na. Roedd gwasg lastig gan y trowsus
erchyll. Bydden nhw'n ffitio llygoden neu
eliffant.

'Ac mae digon o le i ti gael tyfu,' meddai
Mam yn hapus. 'Fe gei di eu gwisgo nhw
am flynyddoedd. Perffaith.'

'NAAAAAA!' udodd Henri. Taflodd
ei hun ar y llawr gan gicio a sgrechian.
'NAAAA! TROWSUS MERCHED
YDYN NHW!!!'

'Rydyn ni'n eu prynu nhw,' meddai
Mam. Cododd y trowsus tartan a cherdded
yn bendant draw at y til. Ceisiodd hi
beidio â meddwl am ddechrau o'r dechrau
eto er mwyn dod o hyd i bâr o esgidiau y
byddai Henri'n eu gwisgo.

Cerddodd merch fach a'i gwallt mewn
plethau allan o'r stafell newid, a throi a
throi mewn trowsus tartan pinc a gwyrdd.

71

'Dwi'n dwlu arnyn nhw, Mam!' gwichiodd. 'Fe gawn ni dri phâr.'

Rhoddodd Henri'r gorau i udo.

Edrychodd ar Mam.

Edrychodd Mam ar Henri.

Yna edrychodd y ddau ar y trowsus tartan pinc a gwyrdd roedd Mam yn eu cario.

BIB-BIB!
BIB-BIB!
BIB-BIB!
BIB! BIB!

Roedd y tŷ'n crynu gan yr holl sŵn. Roedd goleuadau coch yn fflachio dros y waliau i gyd.

'Beth yw'r sŵn 'na?' meddai Dad, gan roi ei ddwylo dros ei glustiau.

'Pa sŵn?' meddai Mam, gan esgus darllen.

BIB-BIB!
BIB-BIB!

BIB-BIB!
BIB! BIB!

Syllodd Dad ar Mam.

'Wnest ti ddim,' meddai Dad. 'Nid – esgidiau rhedeg Sŵn Drwg ydyn nhw?'

Cuddiodd Mam ei hwyneb yn ei dwylo.

'Dwn i ddim beth ddigwyddodd i fi,' meddai Mam.

4

ARCH ELYN
HENRI HELYNT

'Ffal-di-ral-di-ro!' bloeddiodd Jâms Jazz,
gan sboncio o gwmpas y dosbarth fel
dawnsiwr gwerin.

'Calon lââân yn llawn daioni . . .' canodd
Swyn Soniarus.

'Bam bam bam bam bam!' drymiodd
Henri Helynt, gan daro ei lyfrau fan hyn a
fan draw ar ei fwrdd.

'Blant! Tawelwch!' gwaeddodd Miss Hen
Sguthan.

'Ffal-di-ral!' bloeddiodd Jâms Jazz.

'Calon lââân yn llawn daioni . . .' canodd
Swyn Soniarus.

'Bam bam bam bam bam!' drymiodd Henri Helynt.

'Jâms!' cyfarthodd Miss Hen Sguthan. 'Rho'r gorau i udo. Swyn! Rho'r gorau i ganu. Henri! Rho'r gorau i ddrymio neu fydd neb yn cael amser chwarae.'

'Ffal-di–' tawelodd Jâms.

'. . . yn llawn daioni– ' gwichiodd Swyn.

'Bam bam bam bam bam!' drymiodd Henri Helynt. Fe oedd Gwion Garw Gwyllt, drymiwr gwallgof y grŵp Helynt a Hanner, yn gwneud i'r dyrfa fynd yn hollol ddwl–'

76

'HENRI!' bloeddiodd Miss Hen Sguthan. 'STOPIA'R SŴN 'NA!'

Beth oedd y fenyw anniolchgar yn ei olygu, sŵn? Pa sŵn? Nid sŵn oedd e, ond cerddoriaeth wych, a hefyd – edrychodd Gwion Garw Gwyllt i fyny o'i ddrymiau. Wwwps.

Tawelwch.

Rhythodd Miss Hen Sguthan ar ei dosbarth. Och, am y dyddiau da, pan oedd athrawon yn gallu taro plant drwg â phren mesur.

'Donna! Rho'r gorau i chwyrnu. Bleddyn! Rho'r gorau i gysgu! Tudwal! Ble mae dy gadair di?'

'Dim syniad,' meddai Tudwal Tew.

Roedd bachgen newydd yn sefyll gyda Miss Hen Sguthan. Roedd ei wallt brown wedi'i gribo'n ôl yn daclus. Roedd ei

esgidiau'n disgleirio. Roedd e'n cario
trwmped a chyfrifiannell. Ych! Roedd
e'n edrych fel twpsyn llwyr. Edrychodd
Henri Helynt i ffwrdd. Ac yna edrychodd
e'n ôl. Dyna ryfedd, roedd rhywbeth yn
gyfarwydd am y bachgen yna. Y ffordd
roedd e'n sefyll a'i drwyn yn yr awyr. Yr
hen grechwen ar ei wyneb. Roedd e'n
edrych fel – roedd e'n edrych yn union
fel – o na, plîs na, nid fe oedd e – Berwyn
Bòs Bach! Berwyn Bòs Bach!

'Blant, mae bachgen newydd wedi dod i'r dosbarth,' meddai Miss Hen Sguthan, gan wneud ei gorau glas i roi gwên o groeso ar ei gwefusau tenau. 'Mae angen rhywun arna i i ofalu amdano fe a dangos y ffordd iddo fe. Pwy hoffai fod yn ffrind i Berwyn am y dydd?'

Cododd pawb ei law. Pawb ond Henri Helynt. Ych. Berwyn Bòs Bach. Pa fath o jôc sâl oedd hon?

Mab ofnadwy o ffroenuchel bòs Dad oedd Berwyn Bòs Bach. Roedd Henri Helynt yn casáu Berwyn. Ych! Ych!

79

Roedd meddwl amdano'n ddigon i wneud i Henri eisiau chwydu.

Roedd Henri'n amau nad oedd Berwyn yn ei hoffi yntau, chwaith. Y tro diwethaf roedden nhw wedi cwrdd, roedd Henri wedi twyllo Berwyn i lungopïo'i ben ôl. Roedd Berwyn wedi mynd i helynt mawr. Helynt mawr, mawr.

Edrychodd Miss Hen Sguthan ar y môr o ddwylo oedd yn chwifio arni.

'Fi!' gwaeddodd Bethan Bigog.

'Fi!' gwaeddodd Kasim Caredig.

'Fi!' gwaeddodd Ben Bw-hw.

'Mae sedd wag wrth ochr Henri,' meddai Miss Hen Sguthan, gan bwyntio. 'Fe wnaiff Henri ofalu amdanat ti.'

O NA, meddyliodd Henri.

'Waaaaaa,' wylodd Ben Bw-hw. 'Nid fi gafodd ei ddewis.'

'Cer i eistedd, Berwyn,' aeth Miss Hen Sguthan yn ei blaen. 'Blant, darllenwch yn dawel o dudalen 12.'

Cerddodd Berwyn Bòs Bach rhwng y byrddau tuag at Henri Helynt.

Efallai na fydd e'n fy adnabod i, meddyliodd Henri'n obeithiol. Wedi'r cyfan, digwyddodd y cyfan amser maith yn ôl.

Yn sydyn, stopiodd Berwyn. Daeth golwg gas ofnadwy dros ei wyneb.

Wwps.

Mae e wedi fy adnabod i, meddyliodd Henri Helynt.

Cerddodd Berwyn, gan wgu, at y sedd nesaf at Henri ac eistedd. Crychodd ei drwyn fel petai'n gwynto rhyw ddrewdod.

'Un gair am beth ddigwyddodd yn swyddfa Dad ac fe ddyweda i wrtho fe,' poerodd Berwyn.

'Un gair wrth dy dad, ac fe ddyweda i wrth bawb yn yr ysgol dy fod ti wedi llungopïo dy ben ôl,' poerodd Henri.

'Wedyn fe ddyweda i amdanat ti!'

'Fe ddyweda i amdanat ti!'

Gwthiodd Berwyn Henri.

Gwthiodd Henri Berwyn.

'Fe wthiodd Henri fi!' gwaeddodd Berwyn Bòs Bach.

'Berwyn wthiodd fi'n gyntaf!' gwaeddodd Henri Helynt.

'Henri!' meddai Miss Hen Sguthan. 'Dwi wedi cael sioc enfawr. Ai dyma sut rwyt ti'n croesawu bachgen newydd i'r dosbarth?'

Ie, os mai Berwyn Bòs Bach yw e, meddyliodd Henri Helynt yn gas.

Rhythodd Henri ar Berwyn.

Rhythodd Berwyn ar Henri.

'Mae fy hen ysgol i'n llawer gwell na'r twll 'ma,' poerodd Berwyn Bòs Bach.

'Felly pam nad ei di'n ôl 'na?' poerodd Henri. 'Does neb yn dy rwystro di.'

'Efallai yr af i'n ôl,' meddai Berwyn.

Llamodd calon Henri Helynt. Oedd gobaith y gallai wneud i Berwyn adael?

'Dwyt ti ddim eisiau aros fan hyn – rydyn ni'n cael pedair awr o waith cartre bob nos,' meddai Henri'n gelwyddog.

'Felly?' meddai Berwyn. 'Roedd fy hen ysgol i'n rhoi pum awr.'

'Mae'r bwyd yn ofnadwy.'

'Hen dro,' meddai Berwyn.

'A Miss Hen Sguthan yw'r athrawes fwyaf creulon yn y byd.'

'Beth ddywedaist ti, Henri?' mynnodd llais miniog rhewllyd Miss Hen Sguthan.

'Dim ond dweud wrth Berwyn mai chi oedd yr athrawes fwyaf tirion yn y byd,' meddai Henri'n gyflym.

'Naddo ddim,' meddai Berwyn. 'Fe ddywedodd e mai chi oedd y fwyaf creulon.'

'Y fwyaf tirion,' meddai Henri.

'Y fwyaf creulon,' meddai Berwyn.

Rhythodd Miss Hen Sguthan ar Henri Helynt.

'Dwi'n cadw llygad arnat ti, Henri. Nawr, 'nôl at eich gwaith.'

DRING! DRING! DRING!

Hwrê! Daeth cloch amser chwarae i'w achub e.

Neidiodd Henri Helynt o'i sedd. Efallai
y gallai ddianc rhag Berwyn petai'n
rhedeg allan o'r dosbarth yn ddigon
cyflym.

Gwthiodd a hwpodd Henri Helynt
ei ffordd i mewn i'r neuadd. Roedd yn
rhydd! Yn rhydd o'r diwedd!

'Hei!' daeth llais annymunol wrth ei
ochr. Tynnodd llaw chwyslyd ar ei grys.

'Fe ddywedodd yr athrawes mai ti oedd
i fod i ddangos y ffordd o gwmpas i mi,'
meddai Berwyn Bòs Bach.

'O'r gorau, dyma'r toiledau,' chwyrnodd
Henri Helynt, gan chwifio'i law i ddangos

toiledau'r merched. 'Ac mae'r peiriant llungopïo yn y swyddfa,' ychwanegodd, gan bwyntio. 'Pam na wnei di ei drio fe?'

Gwgodd Berwyn.

'Dwi'n mynd i ddweud wrth fy nhad dy fod ti wedi ymosod arna i,' meddai Berwyn. 'Mewn gwirionedd, dwi'n mynd i ddweud wrth fy nhad am bopeth gwael rwyt ti'n ei wneud yn yr ysgol. Yna fe fydd e'n dweud wrth dy dad di ac fe gei di helynt. Am hwyl!'

Roedd gwaed Henri'n berwi. Beth roedd e wedi'i wneud erioed i haeddu cael Berwyn Bòs Bach yn ymyrryd ar ei fywyd? Ysbïwr yn ei ddosbarth. Allai'r ysgol fod yn waeth na hyn?

Rhedodd Hywel Heini heibio.

'Fe lungopïodd Henri ei ben ôl yn swyddfa fy nhad,' meddai Berwyn yn uchel. 'Wel, am helynt wedyn!'

AAAAAAAAA!

'Celwydd,' meddai Henri'n bendant.
'Berwyn wnaeth, nid fi.'

'Ie, ie, Henri,' meddai Bedwyr
Breuddwyd.

'Pen ôl mawr!' gwichiodd Bethan Bigog.

'Pen ôl mawr mawr!' gwichiodd Sara
Sur.

Crechwenodd Berwyn.

'Hwyl fawr, pen ôl mawr,' meddai
Berwyn. 'Paid ag anghofio, dwi'n cadw
llygad arnat ti,' poerodd.

Eisteddodd Henri ar ei ben ei hun ar
y fainc oedd wedi torri yn yr ardd gudd.
Roedd yn rhaid iddo gael gwared ar

Berwyn o'r dosbarth. Roedd yr ysgol
yn ddigon gwael heb i rywun ffiaidd fel
Berwyn ysbïo arno a lledaenu straeon cas.
Byddai e'n dinistrio ei fywyd. Roedd yn
rhaid iddo gael gwared ar Berwyn– ar frys.
Ond sut?

Efallai y gallai wneud i Berwyn redeg
o'r ysgol dan sgrechian a fyddai e byth yn
dod 'nôl. Waw, meddyliodd Henri Helynt.
Byddai hynny'n wych. Hwyl fawr Berwyn
Bòs Bach.

Neu efallai y gallai wneud i Berwyn
lungopïo ei ben
ôl eto. Trueni, ond
doedd hynny ddim yn
debyg o ddigwydd,
meddyliodd Henri
Helynt. Ha! Gallai
dwyllo Berwyn i
ddawnsio'n borcyn
ar ddesg Miss Hen

Sguthan dan ganu 'Gwenynen fach ydw i
– suo suo suo.' Byddai hynny'n ddigon i'w
daflu allan o'r ysgol. Yr unig drafferth oedd
– sut?

Mae'n rhaid i fi feddwl am rywbeth,
meddyliodd Henri Helynt yn drist. Mae'n
rhaid i fi.

'Henri,' meddai Dad y noswaith wedyn,
'mae fy mòs yn dweud wrtha i dy fod ti
wedi bod yn pigo ar ei fab. Roedd Berwyn
yn drist iawn.'

'Fe sy'n pigo arna *i*,' protestiodd Henri.

'A dy fod ti wedi cael pryd o dafod yn y
dosbarth am weiddi allan.'

'Dim o gwbl,' meddai Henri'n
gelwyddog.

'A dy fod ti wedi torri pensel Owen.'

'Damwain oedd honno,' meddai Henri.

'A'th fod ti wedi galw Bethan yn hen
surbwch.'

'Wnes i ddim,' cwynodd Henri. 'Mae Berwyn yn dweud celwydd.'

'Dwi eisiau i ti ymddwyn yn dda o hyn allan,' meddai Dad. 'Sut rwyt ti'n meddwl dwi'n teimlo wrth glywed y bòs yn adrodd y straeon hyn amdanat ti? Dwi erioed wedi teimlo cymaint o embaras yn fy mywyd.'

'Beth yw'r ots?' sgrechiodd Henri Helynt. 'Beth amdana i?'

'Cer i dy stafell!' gwaeddodd Dad.

'IAWN!' bloeddiodd Henri Helynt, gan gau'r drws yn glep y tu ôl iddo. Fe ga i'r gorau arnat ti, Berwyn, meddyliodd Henri, hyd yn oed os bydda i'n marw wrth wneud.

Ceisiodd Henri Helynt dynnu coes Berwyn. Ceisiodd Henri Helynt binsio Berwyn. Ceisiodd ledaenu straeon cas am Berwyn. Ceisiodd gael Berwyn i'w fwrw e, hyd yn oed, fel bod Berwyn yn cael ei daflu allan o'r ysgol.

Ond doedd dim yn tycio. Dim ond mynd i fwy a mwy o helynt wnaeth Henri.

Ddydd Llun rhoddodd Dad bryd o dafod i Henri am wneud synau drwg yn y dosbarth.

Ddydd Mawrth rhoddodd Dad bryd o dafod i Henri am siarad yn ystod amser stori.

Ddydd Mercher rhoddodd Dad bryd o dafod i Henri am beidio â rhoi ei waith cartref i Miss Hen Sguthan.

Ddydd Iau gwaeddodd Mam a Dad ar Henri am gnoi gwm yn y dosbarth, pasio nodiadau i Huw, taflu bwyd, siglo'i ddesg,

tynnu gwallt Bethan, rhedeg i lawr y
neuadd a chicio pêl-droed i mewn i'r
buarth cefn. Yna dywedon nhw nad
oedd e'n cael mynd ar y cyfrifiadur am
wythnos. A'r cyfan oherwydd Berwyn Bòs
Bach.

★

Sleifiodd Henri Helynt i mewn i'r
dosbarth. Roedd popeth yn ddu. Roedd
Berwyn yma i aros. Byddai'n rhaid i
Henri Helynt wasgu'i ddannedd yn dynn
a dioddef.

Dechreuodd Miss Hen Sguthan esbonio
trydan.

Edrychodd Henri o
gwmpas y dosbarth.

A sôn am Berwyn,
ble roedd e?

Efallai fod y
gynddaredd arno fe,
meddyliodd Henri

Helynt yn obeithiol. Neu ei fod e wedi syrthio i lawr y tŷ bach. Gorau oll, efallai fod dynion o'r gofod wedi'i gipio fe.

Neu efallai ei fod wedi cael ei daflu allan o'r ysgol. Ie! Gallai Henri weld y cyfan nawr. Berwyn ar ei liniau yn swyddfa Mrs Lletchwith, yn ymbil am gael aros. Mrs Lletchwith, yn pwyntio at y drws:

'Allan o'r ysgol 'ma, y bwystfil cas! Rhag dy gywilydd di am ysbïo ar Henri, ein disgybl gorau ni!'

'NAAAA!' byddai Berwyn yn wylo.

'CER, Y GWALCH!' gorchmynnodd Mrs Lletchwith. Ac allan â Berwyn Bòs Bach, dan snwffian, lle roedd

swyddogion arfog yn aros i'w glymu a
mynd ag ef i'r carchar. Dyna oedd wedi
digwydd, siŵr o fod.

Gwenodd Henri. O hapus ddydd! Dim
mwy o Berwyn Bos Bach, meddyliodd
Henri Helynt yn hapus, gan ymestyn ei
goesau o dan ei fwrdd di-Ferwyn a thynnu
anadl ddofn o aer di-Ferwyn.

'Henri!' meddai Miss Hen Sguthan yn
swta. 'Dere 'ma.'

Beth nawr?

Yn araf, cododd Henri Helynt ei hun o'r
gadair a llusgo'i ffordd at ddesg Miss Hen
Sguthan. Roedd hi wrthi'n marcio gwaith

cartref â beiro goch, ffyrnig.

'Mae gwddw tost gan Berwyn,' meddai Miss Hen Sguthan.

Daro, meddyliodd Henri Helynt. Ble roedd y pla du pan oedd ei angen?

'Mae ei rieni eisiau iddo gael ei waith cartref i gyd fel nad yw e'n colli dim pan fydd e'n dost,' meddai Miss Hen Sguthan. 'Trueni nad yw *pob* rhiant mor gydwybodol. Wnei di roi'r daflen waith mathemateg yma i dy dad i'w rhoi i dad Berwyn?'

Rhoddodd ddarn o bapur i Henri gyda deg o symiau lluosi arno ac amlen fawr.

'O'r gorau,' meddai Henri'n ddiflas. Doedd meddwl am Berwyn yn gwneud symiau wrth orwedd yn y gwely ddim yn ddigon i godi ei galon, hyd yn oed. Byddai Berwyn yn dod 'nôl mewn dim o dro. Byddai e'n gorfod dioddef Berwyn am byth.

Y noson honno edrychodd Henri Helynt ar daflen waith mathemateg Berwyn. Deg o symiau. Dim digon, wir, meddyliodd. Pam dylai Berwyn gael diflasu yn y gwely a dim i'w wneud ond gwylio'r teledu, a darllen comics, a bwyta creision?

Ac yna gwenodd Henri Helynt. Oedd Berwyn eisiau gwaith cartref? Efallai y gallai Henri helpu. Ha ha, meddyliodd Henri Helynt, gan eistedd wrth y cyfrifiadur.

TAP

TAP

TAP

GWAETH CATRE

Sgwenwch stori am ych dywrnod. 20 tidalen o hid.

Ha ha ha, bydd hynny'n cadw Berwyn yn brysur, meddyliodd Henri Helynt. Nawr, beth arall? Beth arall?

Ha!

Rhowch ddeg resym pam mai gwilio'r teledi yn well na darllen

MATHEMATEG NEWYDD
Pryd mae 2 + 2 = 5?
Pan fydd 2 yn ddugon mawr.
Nawr esboniwch pam:
2 + 3 = 6
7 − 3 = 5

Roedd meddwl am gwestiynau gwaith

cartref yn llawer mwy o hwyl na'u hateb nhw, meddyliodd Henri Helynt yn hapus.

SILLAFI:

Dysgwch sit mae sillafi'r geirie hyn: bydd prawf did Mawrth.

ti bach
bom drywi
gweli
brekwast
mis Chwefrol
gwiliau

GWIDDONIETH

Disgyrchiant: sit mae'n gweithio?

Gollynga wy o ichder o 30mm ar ben dy fam neu dy dad.

 *Cofnoda fe os iw e'n tori. Gollynga wy arall o ichder o 60mm ar y carped. Ydy'r wy yma'n tori? Tria'r arbrawf hwn o leia 12 gwaith o gwmpas y ti i gyd.*

Nawr dyna beth yw gwaith cartref, meddyliodd Henri Helynt. Argraffodd y taflenni gwaith, a'u rhoi nhw yn yr amlen gyda thaflen symiau Miss Hen Sguthan, ei selio, a'i rhoi i Dad.

'Dyma waith cartref Berwyn,' meddai Henri. 'Gofynnodd Miss Hen Sguthan i fi ei roi i ti i'w roi i dad Berwyn.'

'Fe wnaf i'n siŵr ei fod e'n ei gael e,' meddai Dad, gan roi'r amlen yn ei fag gwaith. 'Mae'n braf gweld dy fod ti'n dod yn ffrind i Berwyn.'

Roedd Dad yn edrych yn ddifrifol.

'Mae gen i newyddion drwg i ti, Henri,' meddai Dad y diwrnod canlynol.

Rhewodd Henri Helynt. Am beth roedd e'n mynd i gael pryd o dafod nawr? O na. Oedd Dad wedi dod i wybod am beth roedd e wedi'i wneud amser cinio?

'Mae arna i ofn na fydd Berwyn yn dod 'nôl i'r ysgol atat ti,' meddai Dad. 'Mae ei rieni wedi'i symud e. Rhywbeth am fathemateg newydd ac arbrawf disgyrchiant a aeth o chwith.'

Agorodd ceg Henri Helynt. Ddaeth dim sŵn allan ohono.

'Beth—?' ebychodd Henri Helynt.

'Arbrawf disgyrchiant?' meddai Mam. 'Pa arbrawf disgyrchiant?'

'Grŵp gwyddoniaeth gwahanol,' meddai Henri'n gyflym.

'O,' meddai Mam.

'O,' meddai Dad.

Aeth teimlad cynnes braf o ben Henri, yr holl ffordd i lawr i fysedd ei draed.

'Felly dydy Berwyn ddim yn dod 'nôl?'

'Nac ydy,' meddai Dad. 'Mae'n ddrwg gen i dy fod ti wedi colli ffrind.'

'Fe fydda i byw,' gwenodd Henri Helynt o glust i glust.